パラスポーツ詩集

村瀬継弥

新潮社
図書編集室

パラスポーツ詩集　目次

I

II

III

装画　加藤正嘉
扉絵　原田俊二
装幀　新潮社装幀室

パラスポーツ詩集

I

四人のゴールへ

細かい氷の噴水を巻き上げながら
一本だけのスキーが白い急斜面を下っていく
設置された小さな椅子の上に
事故で両下肢を切断した若者が座っている
このチェアスキーの滑降の時速は百キロ超
すでに転倒して棄権した選手が二人出ている
しかし若者は減速することなく

青い旗門のぎりぎりを攻めていく

脇見運転の車にはねられた後
若者はずっと荒んでいた
ある日親友三人が動画を見せた
目を射たのはチェアスキーの爆走
画面を破壊し飛び出しそうなその勢い
各地の試合映像を見続けた若者は
冬になるとゲレンデへ向かった
一から取り組む競技の難しさも
連戦連敗の屈辱の日々も

友人達が冗談を言いながら支え続けた
アイスバーンを削る轟音が周囲の雪山に響く
若者はさらにスピードを上げ
巨大なすり鉢の底へ飛び込んでいく
ゴールで三本のタオルが激しく振られている

心の目

静かな城下町の裏道
細長い自転車がゆったりと進んでいる
これは二人で一台を漕ぐタンデム自転車
前でハンドルを操作して漕いでいるのは息子
後ろで足だけ動かすのはその母親

若い頃とても快活だったこの母は

視力が弱ってから家に引きこもってしまった
息子は弟と相談し
買い物や旅行に連れ出そうとしたが失敗
考えに考えた末に思いついたのがこの方法
母は若い頃自転車を多用し
荷台とハンドルの前の籠に息子達を乗せ
街を走り回っていた
きっと興味を持つに違いない

図星だった
母は気に入り外出をせがむようになった

その要望に弟と交代で応えている
必死で子育てをした街を
心の目で穏やかに眺めながら
老母は軽やかにペダルを踏んでいる

下がれない騎士

銀色の仮面　銀色の剣　銀色の車輪
この車いすフェンシングの大きな特色
それは車輪が床に固定されていて
後ろに下がれないことだ
両者が背水の陣の一戦となる
判定をするのは精密な機械
剣先が相手のジャケットに早く触れた側に

緑色のランプを無感情に点灯させる

このステージ上は青年達の試合
一方が目立った長身
彼は長い腕を伸ばしてさかんにしかけている
小柄な選手は堅守
後ろに逃げることができないので
背骨がよじれる体勢で
ひたすらかわし続けている
剣は払い払われ高い金属音を放って乱舞
フェイントに次ぐフェイント

緻密な駆け引きを互いが読み合う
小柄な選手が電光石火で腕を突く
長身の方は容赦なく胸を刺す
剣は体に押し返されＵの字形に大きく湾曲
相打ちか？

小柄な選手の方にランプが点灯
波荒い大河を背にして戦った騎士の鎧が
エメラルドグリーンに煌めく

黄土色のペンキ

町の小さな卓球場
今そこは満艦飾
クラブの会員で満杯
まもなく先輩の女性が
金メダルを持って訪ねてくるのだ

彼女はこのクラブに在籍していた高校時代に

持病が悪化して車いす卓球に転向した
しばらくしたある日練習に来ると
卓球台の一つの一部に
黄土色のペンキが塗られていた
オーナーは元卓球選手
彼女の悩みを察してくれた
ずっと立ってラケットを振ってきたが
車いすを使うため目の位置が下がった
するとネットの向こうが狭く見えるので
打ち込む位置が把握しにくい
そこで相手選手の前の部分だけ

色を変えてくれたのだ
女子高生が涙ぐみ
「なぜ黄土色なの」
と訊くとオーナーは
「金色のつもりだよ」
と優しく笑った

まもなく本当の金色のメダルを首にかけ
彼女は再び姿を見せる

珠玉のスピリット

四角いリングの周りに僅かなパイプ椅子
華やかな開始のセレモニーはない
青コーナーに視覚障がい者の選手
赤コーナーに首から鈴を下げたスタッフ
このボクシングの試合は
障がい者側のみの完全な採点競技
パンチは相手のグローブだけに放つルール

ゴングが鳴り残響が尾を引く
両者は素早く中央に対峙
スタッフの軽やかなフットワークにより
鈴が鳴り始める
それを頼りに選手が敏活に腕を伸ばす
空振り
踏み込んで刺し通すような二打目
またも空振り
めげることなく三打目
相手のグローブを微かにかする弱い音

左　すぐ右　そしてまた左
選手の腕は漲るパワーで伸縮する
しかしほとんどが空を切る
会心の一撃は出ない
鈴が間断なく鳴る
今度は渾身の右ストレート
無念にも空振り
マットに倒れそうになる
体勢を立て直しまた足を前へ前へと踏み出す
そのファイティングスピリットが神々しい

着飾った観客はいない
ただ誰もがジュエリーのまなざしで
じっとリングを見守っている

達者なテルさん

弓の上の端と下の端に丸いものがついている
これは小さな滑車
少しの力で弦を引けるようにした工夫
背中を車いすに固定した老人の順番となり
集中した表情で矢を放つ
惜しくも的の外
でもめげずに次の矢をつがえる動作に入る

彼の渾名は「テルさん」
サークルの皆に愛されている
なかなか的に当たらないが
本人以外は気にしていない
喜寿を過ぎる頃になって
このコンパウンドを始めた動機は
ウィリアム・テルの物語が好きだから
「いつかリンゴの的を射貫く」
と公言しているので
皆が気長に待っている

高貴なレジェンド

筋肉の連山のような腕を持つ
白髪のベテラン選手が
ラケットで球を打ちながら
後ろへ後ろへと下がって行く
もう卓球台から一メートル離れた
なお下がる
二メートルになった

台から遥か遠いところでラリーを続けている
これは長いキャリアで初めての事
鮨詰めの客席が唸るようにざわめく

かつては人気選手だった彼の左足は義足
動く範囲を広げると不利なため
常に台のすぐ前だけでプレーしていた
しかし加齢と共に活躍は漸減
若い選手にもあっけなく負けるようになった
試合で見かけなくなっていたので
久々に登場する今日で引退ではと噂が立った

しかし違った
彼は現役を続行するために決断を下し
どこかで懸命に練習をしていたのだ
台から離れた所で打ち勝つ技を

相手は十六歳下の片腕の選手
ラケットをダイナミックに振り抜き
火炎のような球を次々に打ち込んでくる
ベテランは義足をコンパスの針とし
右半身全体を回しては戻し回しては戻し
なんとか球を打ち返し続けている

客席の人々は誰もが胸を刺され
彼の選手生命が延びることをただ祈る

少年の変貌

首を前に伸ばした白鳥が
スタートラインでひしめいているようだ
これはパラ陸上競技の三輪の車いす
「レーサー」という名称
二輪の車いすの前方にシャフトが突き出し
三つ目の小さい車輪が設置されている

号砲が轟く
歓声が爆発
一斉に走り出したレーサーの青年達は
上半身を激しく上下させながら
鳥が羽ばたくように腕を動かし車輪を回す
その中の白いヘルメットの青年がダッシュ
早々と抜け出した

この青年は子供の頃よく泣いていたという
足が不自由なことを悩み引っ込み思案だった
しかし二十歳の今はたくましいアスリート

肩が盛り上がり胸板も厚くなった
どうやら今日は序盤から前に出て
先行逃げ切りを図る作戦らしい
両腕を深く沈め車輪を回し続けている
唇がひん曲がる

早鐘が響く　あと一周だ
大歓声が競技場を揺すぶる
白いヘルメットの青年は
驚異的なスタミナで先頭をキープ
残りの選手達が一段と激しく追い上げる

少年の変貌

かつての気の弱い子供はもういない
面影の一部すら残っていない
彼は厳しい練習で見事に変貌を遂げたのだ
先頭を力強く飛ぶ白鳥に

II

二組の素敵な夫婦

深紅の朝日が作り出す
二つの濃い影が
高原の広い白菜畑に落ちている
夜に糖分を増やして甘くなるため
収穫は早朝
この老夫婦は午前四時から腰をかがめて
重量のある葉物と格闘してきた

「そろそろだね」
「ちょっと早いかな」
二人には一緒に待っているものがある
全盲の女子マラソン選手とその夫だ
近くの家で間借りし
パラリンピック予選に備えて合宿中
毎朝休むことなく
このあたりで練習をしている
しかし新聞の記事によると
予選通過はそうとう難しいようだ

やがてその姿が山陰から現れた
テザーと呼ばれる短い紐の端を持ち合って
四本の足が二本に見える程ストライドを揃え
緩い坂道を力強く駆け上がってくる
薄い空気の中でトレーニングする若い二人が
老夫婦には頼もしい同志達のように思える
「頑張れ」
「世界一になってね」
いつものように精一杯の声援
二人は温顔で会釈し
ハイペースで走り去っていく

彼等の大願成就を祈りながら
老夫婦は畑の隅に腰を下ろし
リュックから朝食のお握りを取り出す
一緒に食べるのは
採れたての白菜でさっと作った
世界一旨い浅漬け

摩耗

彼は車いすバスケットボールの選手
その手の両親指の付け根は
黄土色に変色している
彼の競技で車輪を止めるブレーキは
器械ではなく選手の手
毎日強くタイヤを握って停止させるため
激しい摩耗にさらされる

しかし彼は今
同じ手でふんわりと握っている
応援に来てくれた幼い少年の掌を

青空からの電話

競技会場は標高千六百メートル
赤いスキーを履いた小柄な女性がスタート
右腕がないのでストックは一本
肩にはビームライフル銃
一周二キロの山中のコースを五周し
五発ずつの射撃を四回行う

彼女は去年の冬まで
パラクロスカントリースキーの選手だったが
いつまでたっても良い結果が出なかった
原因は脚力の弱さだったので
監督にバイアスロンへの転向を勧められた
しかし迷いに迷った
バイアスロンの射撃の的は
直径わずか一センチ三ミリ
そこまでの距離は十メートル
一発外すと百五十メートル余分に走る規定
とても勇気が出なかった

その迷いを祖母が伝え聞いた
そして長距離電話をかけてきた
「おまえさ撃てば、百発百中さー」
と方言で力強く断言した

射撃場に到着
雪原にシートが敷かれている
女性はスキーを履いたままうつ伏せになる
台にライフルを載せ位置を定める
二キロの山道を全力で走った直後
荒い息づかいで全身が揺れて失敗しそうだ

しかし青空の彼方から
遠い故郷にいる祖母の
確信に満ちた声が聞こえてくる
「おまえさ撃てば、百発百中さー」
集中し一円玉より小さい的へとビームを放つ
一発目　命中
もう一度息を整える
二発目　命中
さらに息を鎮める
三発目　命中
四発目　命中

五発目　命中
よしペナルティーの走行はなしだ
素早くストックを握って立ち上がり
右足のスキーを力強く雪原に踏み出す

青空からまた祖母の声が届く
「この後もきっと全部当たるさー」

嘘つき姉さん

ガイドランナーの姉が
横を走る全盲の妹に言う
「差が少し詰まったよ」
しかしこれは真っ赤な嘘
前走の組に全然追いつけていない
「あと五メートル差」
これも嘘

どう見ても十メートル近く離されている

ルールでガイドランナーは
レースの状況を説明する言葉しか使えない
「もっと頑張って」
などと声はかけられない
選手を良い結果に導くためには
助言に嘘を組み込まなくてはいけないのだ
今は勝負のタイミングではない

妹のペースは同じだ

実は彼女の耳には翻訳機がついていて
差が開いていることは把握している
しかし姉の判断を信頼してじたばたしない
オーディオブックの小説で
刑事も正念場の犯人に言っていた
「じたばたするんじゃねえ」

一瞬の併走

このユニバーサルリレーは
陸上競技だがバトンは使わない
持てない選手もいるからだ
代わりに待ち構える選手の身体にタッチする

号砲が鳴る
第一走は視覚障がいのクラス

猛スピードで百メートルを走り切り
タッチに成功
第二走は上肢障がいのクラス
やはり猛スピードで走りタッチに成功
第三走は脳性まひなどのクラス
彼も軽快に走る
そしてレースの山場を迎える
アンカーは車いすのクラス
ここのタッチが一番難しい
人の走りと車いすの走行のスピードを
一瞬だけ一致させなくてはいけない

失敗して失格者がしばしば出る難所
車いすの男子選手は自分に言い聞かせる
「二ヶ月も合宿をした」
「とことん練習した」
「その間にすっかり親友になった」
「きっと大丈夫」
第三走がアンツーカーを蹴る足音が迫る
車輪が始動
二人はシンクロして併走
この一瞬が全てを決める

タッチ成功
車いすは一気にゴールへ躍り込んで行く

秋の綱引き

秋空は紺青
道場のそばの広い河川敷で
二人の青年が綱引きをしている
一人は視覚障がい者の柔道選手
もう一人はその弟
弟は足を踏ん張って止まっている
選手は力一杯綱を手繰り寄せて大股で一歩前進

また手繰り寄せて一歩前進
これを繰り返している
両者とも顔を赤くし
眉を吊り上げ
歯を食いしばっている

この選手は右目しか見えない
その視点だけで世界を見るので
身体のバランスを取るのが難しい
このトレーニングは
綱を身体の真ん中へ全力で引くことで

左右の筋力を同等に使えるようにするという
くたくたになる矯正メニュー

難題と戦う兄弟の横を
川が流れ下っていく
リズミカルな応援歌を歌いながら

新たな闘志

ボイ！　ボイ！　ボイ！
黒いアイマスクの少女アスリートが声を出す
衝突の危険を避けるために
ブラインドサッカーはこの発声をするのだ
激しく奪い合うボールが転がり
中の鈴が硬い響きを発する
少女はその音を頼りに自分の足下に分捕る

コーチがゴールポストを棒で打ち
その場所と距離を教えている
おそらくここだろうという枠を
さっと頭に思い描き
たたきつけるようにキック

少女は健常者だった頃はフットサル選手
シュート力が折り紙付きの期待の星だった
大人になったら世界的な大会に出ると公言し
ストイックに努力を重ねていた
だが痛撃が襲った

目の持病が悪化してしまったのだ
悔し泣きの日々の果てに決意したのは
ブラインドサッカーへの転向
しかし視界ゼロのこの競技の試合で
今までに一点も取れていない

キーパーが胸でキャッチした重い音が響く
また失敗だ
ただちにボールが放つ金属音が
反対のサイドのグラウンド上を滑る
少女はそちらへまっしぐらに駆ける

そのがむしゃらな姿は
全身に絡みついている過去の残骸を
懸命に振り落とそうとしているかのようだ

ボイ！　ボイ！　ボイ！
集団の中に躍り込んだ少女は
もう新たなボールの奪い合いを始めている

ミステリアスな風圧

早朝の無人の街
歩道の老人の目に飛び込んできたのは
ペダルを漕ぐ赤銅色の左足
遠くから自転車でこちらへ来る人がいる
やがて黒いヘルメットも目に入った
黄緑色の自転車は競技用のものらしい
風を切る音が大きくなった頃に驚愕した

漕いでいるのは左足だけだ
片足の人が自転車に乗っているのだ
もしゆっくりならば
そういうこともできるかもしれない
しかしぐんぐん近づく自転車は猛スピードだ

老人は清掃のアルバイトに行くところだった
それを終えると三十分後に
立ちっぱなしの警備員のバイトが待っている
老骨に鞭打つ日々に心が歪みかけていた
そんなとき躍動する左足に遭遇した

パラアスリートが朝練をしているのだろう
しっかりとサドルに腰を据え
前傾姿勢でハンドルを握り締め
左足一本で驚異的な推進力を生んでいる
その黄緑の稲妻は激しい息づかいと共に接近し
たちまち横の車道を通り過ぎていく

そのときミステリアスな事が起こった
どうしたのだろう
自転車の風圧が
老人の心にのしかかっていた重たいものを

勢いよく弾き飛ばしたのだ

東の空の絹雲は桜色
まだ眠る街を自転車は豪快に走り抜けて行く
老人は後ろ姿にじっと目を凝らす

最下位ターン

バタフライは不調
背泳ぎも不調
二百メートル個人メドレーの
前半終了時点で最下位
しかし泳者の片腕の女性は諦めてはいない
この半年は毎朝
平泳ぎのキック力強化のために

神社の石段を駆け上がってトレーニングした
いつしかその事は参拝する人達に知れ渡った
境内でへたり込んで汗を拭っていると
皆が声をかけてくれるようになった
拝殿で柏手を打って
神様に勝利を祈願してくれた

百メートルのターンが終わった
さあ平泳ぎだ
高らかな柏手の音が
耳の奥で響いている

III

ボッチャの老選手

なんという正確なコースだ
これは超常現象か

車いすに座った後期高齢者の選手が
弾力のある赤いボールをつまみ
緑色の床の上の白いジャックボールを目指し
腕をしならせて投げた

ボッチャの老選手

この白いボールに近い者が
有利になるのがルールだ
床の上には相手選手の青いボールが散乱
コースを意地悪く邪魔している
しかし何万回も練習した成果なのだろう
それらをきわどくすり抜けて転がり
赤いボールは白いボールに吸いついていく

老選手は物静かだ
しかし投げるボールの正確無比なコースが
体内で燃える炎の熾烈さを物語っている

大部屋

強化合宿の夜
床に敷かれた布団の一つで
補欠の大柄な選手が眠っている
幸せそうな表情だ
レギュラーになった夢でも見ているのか
いやそういう気配ではない
故郷に残してきた愛犬と

自宅の玄関前でじゃれているのかもしれない

ストイックな練習

いったい何のトレーニングなのか
部外者には全く分からないだろう
運動場の片隅に立つ
陸上競技のランナーと若いコーチ
まずコーチが選手の首の前に
遮断機のように腕を差し出す
選手はそこに軽く拳が当たるように

走るときの形状で懸命に腕を振る
続いてコーチは選手の後ろにまわり
肘の当たる位置に腕を差し出す
選手はそれを頼りに
左右が同じになるように振る

これは全盲ランナーの練習
本人に腕の動きが見えないので
左右の振りをそろえるのが大変に難しい
この腕振り練習は一日八百回
根気強く良いフォームを身体に染みこませる

選手の精神力も素晴らしいが
腕を差し出し続けるコーチの貢献も高邁だ

本番で走るのは十数秒
そのために運動場の隅で
今日もストイックな練習が粘り強く続く

ハリケーン

氷上に車いすが二台ある
後ろのいすに座った男性選手が
前のいすを腕で押さえて動きを止めている
前の女性選手が棒で黄色いストーンを押すと
それは滑らかにすべり出した

かつて銀メダルをとったこともある

この女性の復活劇は
「なんとか三番ぐらいにはなりなさいね」
という一言から始まったという
発言者は健常者だった頃の憎きライバル
女性の車いすカーリングの試合を観戦しに来て
挑発したのだ
かつて健常者の大会で
優勝を目指してしのぎを削った彼女は
女性の負けず嫌いな性格を熟知していた
車いすに座った状態でする今度の競技に

女性はどうしても本気で取り組めなかった
助走なしで棒を使って投げ
氷をブラシでこすることをしない競技は
全く別物に思えていた
国内に患者が数人しかいない難病にかかった不運を
ただただ呪うばかりだった
しかし元ライバルの計算ずくの一言は効いた
以前身体の中に渦巻いていた
「なにがなんでも一番になりたい」
というハリケーンがまた暴れ出したのだ
その後以前のように

ハードなトレーニングに励めるようになった

氷上の透明人間が
たくましい腕力でブラシを使って誘導し
ストーンは緩やかなカーブを描く
そして狙ったコースを前進し
サークルの中央でぴたりと静止

観客席に歓声が轟く
万雷の拍手の中に
今日もかつてのライバルの姿がある

不屈のキャプテン

点差は二点
残り二十秒
キャプテンの青年が
蛮声で仲間を鼓舞しながらドリブルし
車いすをじぐざぐに走らせている

この青年はかつて白血病が発覚し

大きなショックを受けた
青春を懸けたバスケットボールの道が
突然絶たれてしまったのだ
そんなとき普段は物静かな父が
「あきらめるのはまだ早い」
と叱咤した
やがて幸運にもドナーがみつかり
骨髄移植を受けることができた
コートを再び駆け回り
身を踊らせてプレーできると期待したが
運命はさらに残酷だった

薬の副作用で股関節に障がいが生じ
左足が五センチしか上がらなくなったのだ
結局夢は潰えたと思った
しかし父は諭した
「あきらめるのはまだ早い」
そして車いすバスケットボールを勧めた

残り二秒だ
もちろん青年はあきらめていない
スリーポイントシュート
筋金入りの根性が乗り移ったボールが

放物線を描いて高く舞い上がっていく

白鳥の湖

テニスコートでバレリーナが舞っている
中年の女性アスリートが華麗に操縦し
車いすの向きを素早く変えている
一回転することもある
その流れでラケットで球を強打したり
次に球が来る位置へいち早く移動している
さらに驚くべきことがある

彼女はときどき車輪に手を触れない
体を絶妙に傾けるという方法で回っている

この技は簡単に身についたわけではない
コーチと毎日ハードな練習を積み重ねた
ボールを投げてもらって手で受け取り
投げ返して直ちに後ろ向きに回転し
また受け取って投げ返して回転
それを延々と繰り返すトレーニング
終盤になる頃には体中の血液が偏り
熾烈な不快感に襲われたという

白鳥の湖

試合はレベルの高い決勝戦
相手は神速のスマッシュを放つ強豪
しかし四角い湖で舞うバレリーナは
厳しい鍛錬で身につけた実力を発揮
着々と得点を重ねていく
打球をひたと見据えるその表情には
プリマドンナの風格が滲む

大木倒壊

風で大木が倒れ
風圧で地面の砂を巻き上げ
反動で根っ子の部分が跳ね上がり
視界を塞いでしまったかのような迫力だ
ここは国際大会を開催中の陸上競技場
右足に義足を付けた長身の男子選手が
走り幅跳びで桁外れの大ジャンプを見せ

着地後に尻を着くことなく
上手く身体を横に倒したところだ

砂煙は消えた
客席が静まり返る
グラウンド上に設置された
横長の電光掲示板の一点に視線が集中

表示が出た
世界新記録
選手は両手の人差し指を高く突き上げ

青空まで届く雄叫びを上げる
黄色・深緑・赤・白・黒・オレンジ色
客席のあらゆる国の旗が
大きく左右に振られている
縦にも揺すぶられている
様々な言語の祝福の言葉が
広い競技場を埋め尽くす

メダリスト達

一斉に高い水しぶきが上がった
視覚障がい者の五十メートル自由形
金メダルをかけたレース
ゴールする側のプールサイドには
釣り竿を持った人々がずらりと並んでいる
彼等はタッパー
竿の先につけたしゃもじ形のウレタンで

全力で泳ぐ視力のない選手の頭を軽打し
ゴールが間近だと教える係

本物の釣りも根気がいるが
ここに並ぶ人達の根気強さはその比ではない
毎日毎日長時間練習する選手達と
ずっと行動を共にしてきたのだ
揺れる釣り竿の先に接着した物体を
ミリ単位の正確さで思い通り動かすのは
どんなに練習しても難しい
しかし一つタイミングを間違えば

プールサイドのコンクリートに激突だ
緊張感を持って時間を選手と共有してきた

視界ゼロの泳者達が接戦でゴールに迫る
最初のタッパーが竿を振る
命中
他のメンバーも次々に竿で頭を打つ
誰もが絶妙なタイミングで叩いていく
最後の選手の後頭部にもウレタンが当たった

試合により選手達には当然順位がついた

メダルのもらえる人もそうでない人もいる
しかしタッパー達全員の胸には
見えない金メダルが輝いている

残響

歪み
ひびが入り
何カ所もへこみ
赤い塗料がほぼ剝げ落ちた丸い鉄板が
小さな会社の事務室の壁に展示されている
これは車輪のカバー
車いすどうしが激しくぶつかり合う

ウィルチェアーラグビーの熱戦で
すっかり傷んでしまったもの

この会社が業績不振だった時期に
足にも手の指にも障がいを抱える青年がいた
彼はウィルチェアーラグビーの
社会人チームに所属し
仕事と両立して懸命に練習をこなしていた
試合になると車輪を回すことに没入し
先頭を切ってボールを追いかけた
怪我を恐れず相手の椅子に体当たりし

大きな衝突音を立てて宙を舞った
転倒してもすぐ起き上がり
最も良いポジションへとスパートした
いったんボールを確保すると
車いすのあちこちを相手にぶつけながら
ディフェンス群を刺し通した
勇気あるプレーでチームを波に乗せる姿は
応援に行った同僚達の心を大いに刺激した
そんな彼は力を出し尽くした末に引退
故郷で子供達に教えると言って退社した

望んで置いていった
傷まみれの丸い鉄板から
今日も衝突の残響が聞こえる

祖父の助太刀

夏の陸上競技場の眩しいフィールド
走り高跳びの女子高生アスリートが
スタート前の黙想をしている
これから挑戦するのは
ずっと失敗し続けている高さのバーだ
彼女の膝まで残された右足の先には

カーボン製の義足
それをつなぐソケットと呼ばれるパーツには
絵と字が書かれた布が貼られている
この作者は絵手紙が得意な祖父
スランプに苦しむ孫のために
蟬の絵とこんな文を贈った

　長く地中にいる蟬の幼虫も
　外に這い出て殻の背中を割り
　青空高く飛ぶ日が必ず来るんだよ

祖父のメッセージを胸に
今　少女がスタートを切った

引退の表情

高さ七十五センチの鉄の椅子に
壮年のアスリートが座って待機している
この歩行困難者の砲丸投げ競技は
選手ごとに専用の椅子があり
そのつど交換する
ボランティアの人が六人がかりで
地面の台座に彼の椅子を縛り付けている

彼は高校で陸上部に入ったが
健常者として砲丸投げができたのは僅か半年
自転車事故で車いす生活となった
その後も陸上部に残った彼に対し
顧問のベテラン教師は
「晴れやかな心で取り組もうな」
と言葉をかけたという
その後十八年この競技を続けたが
良い成績を残すことはできず
今日のパラ陸上大会で引退する

準備が整った
ボランティアの人達がさっと離れる
彼は鉄球を摑み首の位置で構える
十八年も取り組み続けてきたのだ
胸の内には無念な思いが渦巻いているだろう
しかしそれを表には出さない
恩師の教えを最後まで守って
晴れやかな表情で前を見つめている

壁の向こうへ

黒いアイマスクの若者が
ボールを右足で押さえて聞き耳を立てている
ブラインドサッカーの試合は終盤
ここでペナルティーキックを決めて
どうしても追いつきたいところだ
しかし相手の選手が四人
ゴールポストの前にずらりと立ちはだかり

耳をすましている模様だ
この堅固な壁の向こうへ
なんとしてもボールをたたき込まなくてはいけない

若者の頭の中を無数のデータが駆け巡る
ディフェンスの選手一人一人の癖
それぞれの今日のコンディション
その後ろにいるゴールキーパーが
今の状況ではどちらに跳ぶ確率が高いか

結論が出る

それと同時に審判の笛
わざと音を立ててボールを左に少しずらす
ほんの一瞬壁が崩れたと信じ
きっと隙間があると信じ
右足を果敢に振り切る

片腕のチャレンジャー

少年の真っ直ぐ前に伸びた左腕が
アーチェリーの弓をがっちり支えている
そして弦を引き絞るのは口
この姿勢で
五十メートルも先にある
直径八十センチの的の真ん中に
矢を次々に命中させていく

このスポーツは本来
全身の筋肉を使って撃つ競技
右半身が不自由な彼にはとても過酷
そんなハンディキャップにひるむことなく
口を使って的の中心を射抜き続けている

彼の姿を見る者は素直に思う
どんなに困難に思える事でも
自分もチャレンジしていこうと

ゴールスプリント

並木道で雨水が高く跳ねている
三輪の車いすが二台
激しく競り合いながら走っている
車いすマラソン競技の走行距離は
健常者と同じ四十二・一九五キロ
二人は濡れ鼠になりながら
ここまでゴムのグローブで車輪を回し続け

四十キロ地点に近づいている
雨は車輪を転がりにくくし
普段よりさらに体力を消耗させる

唐突に右のがっしりとした選手がスパート
よくスタミナが残っていたものだ
左の筋骨隆々な選手もすぐに追う
置いて行かれる気はさらさらないようだ
二人とも高速を維持
信じがたい持久力だ

雨音はますます大きくなっている
あと二キロ
びしょ濡れの二人の超人が
魂を込めて車輪を回し続けている

現代のオルフェウス

ギリシャ神話のオルフェウスのように
この男性は振り返ることを禁止されている
ボッチャの選手である妻と対面して立ち
介助することのみ許されている
競技のルールでコートの方を見られないのだ
車いすに座る目力の強い妻の横には
細くて背の低い滑り台のような備品

これは「ランプ」と呼ばれるボールを転がす器具
重度の障がい者である妻は直接投げられず
この木製のスロープを使って試合に参加する
「右にお願い」
「ちょっと左」
「もう少しよ」
妻はコート上の目標の白いボールを見ながら
スロープの方向を繊細に指示
夫は優しく頷いて台座ごとランプを動かし
要望に沿うよう向きを丁寧に調整

三十代のこの夫妻は穏やかに暮らしていた
しかし妻の職場の火事が未来を揺るがした
内臓に達したやけどで命は危険にさらされ
その後の手術は五度に及んだ
絶望から自殺を口にする妻に対して
夫は新たな生きがいにとボッチャを勧めた
そして二人三脚で地味な練習を重ねてきた
今日はようやく迎えたデビュー戦

夫がランプの上部に青いボールを設置
祈りの表情の妻が短い棒で突いて転がす

二人だけのきりっとした時間が立ち現れる
スロープで勢いをつけたボールは
好ましい方向に向かって進んでいる
やがてスピードを落として白いボールに接触
成功だ
振り向けない夫は状況が分からない
しかし妻の笑顔の炸裂を見てガッツポーズ

ギリシャ神話のオルフェウスは
妻を地獄から連れ帰れなかった
この端正な背中の夫は

見事に連れ戻した

村瀬継弥（むらせ つぐや）
昭和 31 年岐阜市生まれ。早稲田大学第一文学部文芸科卒業。元高等学校国語科教諭。平成３年「藤田先生の婚約」で第 14 回小説 CLUB 新人賞佳作。平成７年「藤田先生のミステリアスな一年」で第６回鮎川哲也賞佳作。令和２年「戦災孤児と令和の少年達」で第 13 回北九州文学協会文学賞優秀賞。早稲田大学国文学会会員。

著書：藤田先生のミステリアスな一年（東京創元社）
水野先生と三百年密室（立風書房）
青空の下の密室（富士見書房）
白いブランコの鎮魂曲（富士見書房）
僕の推理とあの子の理屈（角川書店）
相手を不幸にしない会話（うなぎ書房）

パラスポーツ詩《し》集《しゅう》

著者
村《むら》瀬《せ》継《つぐ》弥《や》

発行日
2024 年 7 月30 日

発行　株式会社新潮社図書編集室

発売　株式会社新潮社
〒162-8711　東京都新宿区矢来町 71
電話　03-3266-7124

印刷所　錦明印刷株式会社

製本所　加藤製本株式会社

ISBN978-4-10-910283-4 C0092
価格はカバーに表示してあります。